D0520391

EVELYN DEL REY

SE MUDA

A Kate Fletcher, quien siempre me ayuda a encontrar el camino hasta
llegar al corazón de las historias de niños.
MM

A mi amiga Tania, porque, aunque ya no te veo todos los días,
te llevo en el corazón. Eres mi amiga, mi gran tesoro.
SS

First edition 2020

Library of Congress Catalog Card Number pending
ISBN 978-1-5362-1334-8

20 21 22 23 24 25 CCP 10 9 8 7 6 5 4 3 2 1

Printed in Shenzhen, Guangdong, China

This book was typeset in Avenir.
The illustrations were created digitally.

Candlewick Press
99 Dover Street
Somerville, Massachusetts 02144

www.candlewick.com

EVELYN DEL REY
SE MUDA

Meg Medina

ilustraciones de **Sonia Sánchez**

traducción de **Teresa Mlawer**

CANDLEWICK PRESS

EVELYN DEL REY es mi mejor amiga, la número uno.

—Daniela, ven a jugar —dice como siempre.

Como si el día de hoy fuese un día como los demás.

Así que me abrigo bien y cruzo la calle.
Junto a la acera está estacionado un camión
grande, con la bocaza abierta, lista para
engullir el espejo decorado con pegatinas
de Evelyn, el caballete que usa para pintar
los días de lluvia y el sofá donde saltamos
para alcanzar la luna.

Ella me espera detrás de la puerta de hierro.

Entonces subimos los escalones de dos en dos, como siempre.

Pasamos corriendo delante de la puerta del gruñón señor Miller y saludamos al señor Soo, que está dando de comer a las palomas desde la ventana del pasillo.

La señora Flores nos da una galletita a cada una y dice: «¡Hoy es un día especial!» cuando llegamos a su puerta.

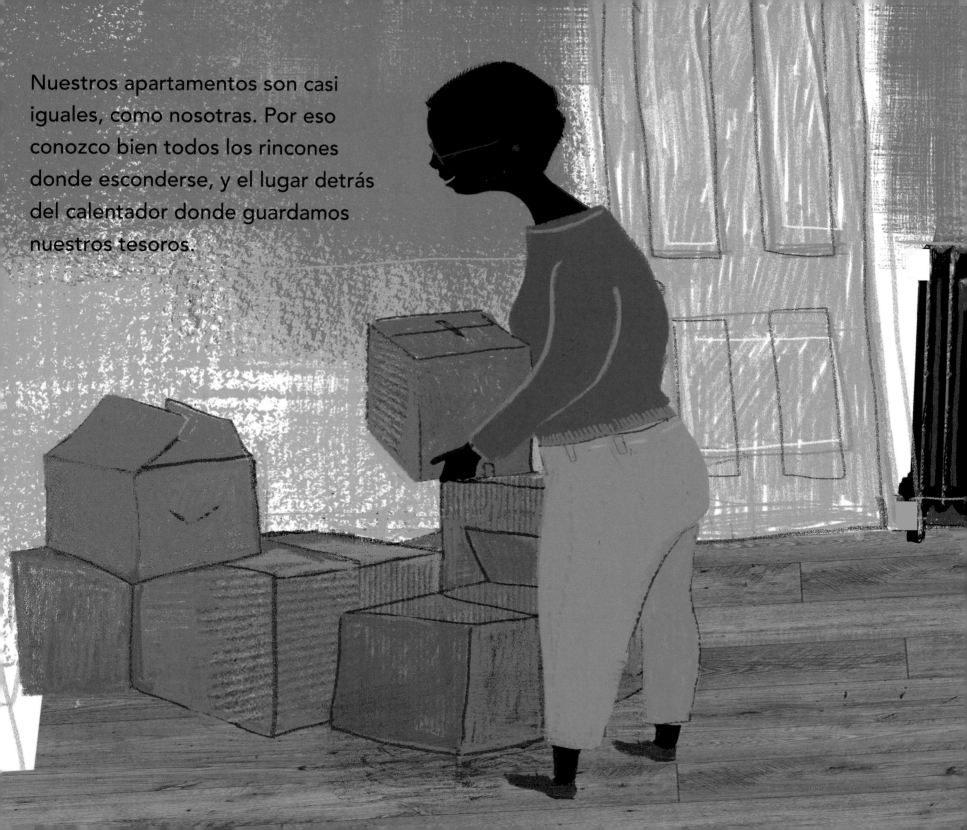

Nuestros apartamentos son casi iguales, como nosotras. Por eso conozco bien todos los rincones donde esconderse, y el lugar detrás del calentador donde guardamos nuestros tesoros.

Pero las paredes del cuarto de Evelyn son de color amarillo radiante, mientras que las de mi cuarto son rosadas, como el algodón de azúcar.

Y yo vivo con mi mami y un hámster, y ella tiene una mami, un papi y un gato.

Somos casi iguales, como nuestros apartamentos.

Aunque no después de hoy.

Encontramos una caja vacía cerca de la puerta. En un instante,
soy una conductora de autobús que recorre toda la ciudad.
Jugamos hasta que las mesas, que eran las parades desaparecen,
y las camas, que eran rascacielos, desaparecen también.

Cuando miramos a nuestro alrededor todo ha desparecido,
excepto nosotras.

Pronto el camión se aleja
rugiendo, y alguien toca a
la puerta.

—¡A esconderse! —decimos
riéndonos como siempre.

Pero nuestras mamás nos
ven antes de que podamos
escabullirnos.

—Ya es hora de irnos —dice
mami.

Evelyn y yo nos agarramos de las manos en ese espacio ancho y vacío.
Nos echamos hacia atrás y comenzamos a dar vueltas en círculo,
más y más rápido, y todo a nuestro alrededor se nubla.

Nuestros dedos se deslizan, pero no nos soltamos hasta que,
tambaleándonos, caemos al piso.

—Podemos hablar todos los días después de la escuela —le digo,
aunque el mundo no para de girar a nuestro alrededor.

—Y tú puedes visitarme este verano —dice ella—. ¡Y quedarte a dormir!

Pero yo sé que mañana
todo será diferente.

Evelyn estará en una casa
nueva que no se parece
a la mía.

Antes de irnos, veo algo que ha quedado olvidado en un rincón polvoriento. Es una de las pegatinas centelleantes de Evelyn.

Salimos a la calle, y yo estampo un corazón en su mejilla para sellar nuestra promesa.

Y ella hace igual conmigo.

Decimos «¡patata!» mientras mami nos toma una foto.
Una vez más nos damos nuestro apretón de manos
secreto.

Y entonces Evelyn me abraza fuertemente.

Evelyn Del Rey se muda.
Ya no estará aquí más.

Mami me dice que no me ponga triste,
que ambas haremos nuevas amigas.

Pero cuando Evelyn se despide por última vez,
las pegatinas aún en sus mejillas,
sé que ella siempre será mi primera y mejor
amiga, la número uno...,

la que siempre conoceré como a mí misma.